MULTIPLICIDADE DE CAMINHOS

Escritos sobre o cotidiano

Editora Appris Ltda.
1.ª Edição - Copyright© 2022 do autor
Direitos de Edição Reservados à Editora Appris Ltda.

Nenhuma parte desta obra poderá ser utilizada indevidamente, sem estar de acordo com a Lei nº
9.610/98. Se incorreções forem encontradas, serão de exclusiva responsabilidade de seus organi-
zadores. Foi realizado o Depósito Legal na Fundação Biblioteca Nacional, de acordo com as Leis nos
10.994, de 14/12/2004, e 12.192, de 14/01/2010.

Catalogação na Fonte
Elaborado por: Josefina A. S. Guedes
Bibliotecária CRB 9/870

J831m
2022
	José, Hamilton
	    Multiplicidade de caminhos : escritos sobre o cotidiano / Hamilton José.
	1. ed. - Curitiba : Appris, 2022.
	    259 p. ; 21 cm.
	
	    Inclui bibliografia.
	    ISBN 978-65-250-3069-2
	
	    1. Ficção brasileira. 2. Otimismo. 3. Alegria. I. Título.
	
	<div align="right">CDD – 869.3</div>

Appris editora

Editora e Livraria Appris Ltda.
Av. Manoel Ribas, 2265 – Mercês
Curitiba/PR – CEP: 80810-002
Tel. (41) 3156 - 4731
www.editoraappris.com.br

Printed in Brazil
Impresso no Brasil

Hamilton José

MULTIPLICIDADE DE CAMINHOS
Escritos sobre o cotidiano

FICHA TÉCNICA

EDITORIAL	Augusto V. de A. Coelho
	Marli Caetano
	Sara C. de Andrade Coelho
COMITÊ EDITORIAL	Andréa Barbosa Gouveia (UFPR)
	Jacques de Lima Ferreira (UP)
	Marilda Aparecida Behrens (PUCPR)
	Ana El Achkar (UNIVERSO/RJ)
	Conrado Moreira Mendes (PUC-MG)
	Eliete Correia dos Santos (UEPB)
	Fabiano Santos (UERJ/IESP)
	Francinete Fernandes de Sousa (UEPB)
	Francisco Carlos Duarte (PUCPR)
	Francisco de Assis (Fiam-Faam, SP, Brasil)
	Juliana Reichert Assunção Tonelli (UEL)
	Maria Aparecida Barbosa (USP)
	Maria Helena Zamora (PUC-Rio)
	Maria Margarida de Andrade (Umack)
	Roque Ismael da Costa Güllich (UFFS)
	Toni Reis (UFPR)
	Valdomiro de Oliveira (UFPR)
	Valério Brusamolin (IFPR)
SUPERVISOR DA PRODUÇÃO	Renata Cristina Lopes Miccelli
ASSESSORIA EDITORIAL	Débora Sauaf
REVISÃO	Débora Sauaf
PRODUÇÃO EDITORIAL	Raquel Fuchs
DIAGRAMAÇÃO	Yaidiris Torres
REVISÃO DE PROVA	Raquel Fuchs
CAPA	Renata Policarpo
COMUNICAÇÃO	Carlos Eduardo Pereira
	Karla Pipolo Olegário
	Kananda Maria Costa Ferreira
	Cristiane Santos Gomes
LANÇAMENTOS E EVENTOS	Sara B. Santos Ribeiro Alves
LIVRARIAS	Estevão Misael
	Mateus Mariano Bandeira
GERÊNCIA DE FINANÇAS	Selma Maria Fernandes do Valle

*Os escritos são episódios livremente registrados
ante a inexorável passagem do tempo.*

AGRADECIMENTOS AFETUOSOS:

À minha filha, Rosane.
Ao meu genro, Antônio.
À minha neta, Laís.
Ao meu neto, Antônio Neto.
À minha neta, Maria Fernanda.
À minha companheira, Olga.

Agradecimento especial:
À doutora Gilbetse.

Homenagem póstuma:
À Miraide e ao Marcelo.
À Leontina Barbosa e ao Fidélis Luiz (pais).

PREFÁCIO

Hamilton José Zanon é bacharel em Direito e funcionário do Banco do Brasil S.A., aposentado. Dedica-se à literatura, à música e ao esporte. Ainda novo deixou sua cidade natal, Siqueira Campos (PR), buscando um caminho melhor na vida.

Após passar pelo serviço militar, sendo promovido a Cabo por merecimento, passou em concorrido concurso para trabalhar no Banco do Brasil S.A.

Foi funcionário de várias agências, sempre em cargo comissionado.

No período em que esteve lotado na agência do Banco do Brasil S.A., na cidade de Arapongas (PR), onde então morava, frequentou o curso de Direito na Universidade Estadual de Londrina.

Viveu por cinco anos entre o trabalho durante o dia e o estudo à noite, indo e vindo todo dia.

Recebeu o título de bacharel em Direito.

A pedido da direção do Banco, foi instalar uma agência no bairro Perdizes, na cidade de São Paulo, onde se aposentou; daí decidiu vir com a família, sua esposa Miraide e os filhos, Rosane e Marcelo, e morar na cidade de Curitiba, onde permanece até hoje.

Em 2 de junho de 1984, o filho de Hamilton, Marcelo, faleceu em acidente de automóvel.

No dia vinte e nove de junho de 1997, sua esposa, Miraide Del Grossi Zanon, mesmo com otimismo e coragem ao enfrentar a doença, faleceu de câncer.

Períodos difíceis para todos.

Todavia, as memórias boas quando todos estavam juntos nunca serão esquecidas.

Em 2001, Hamilton descobriu um câncer de próstata. Passou por cirurgia. Se recuperou. Anos depois houve recidiva. Hoje faz tratamento, estando em boas condições de saúde.

Ainda assim, coisas boas sempre acontecem.

Sua filha, Rosane, frequentou o curso de Medicina na Universidade Federal do Paraná e hoje é pediatra.

Em 1986, nasceu seu primeiro neto, Antônio Carlos, e em 1991, sua neta Laís.

Hamilton conheceu Olga, uma companhia para a vida.

Hamilton não se deixa abater e enfrenta sempre com firmeza e coragem os desafios.

Sempre foi um ótimo leitor, cheio de livros nas estantes e em mãos, os quais Rosane observava com curiosidade.

Independentemente da idade, ele continuou – e continua estudando e escrevendo.

Publica então o presente livro, o seu primeiro lançamento, denominado *Multiplicidade de caminhos.*

Realidade e ficção se misturam, através da narração de fatos cotidianos.

O livro é composto por pequenas histórias, reflexivas, muitas vezes engraçadas, sempre cheias de calor humano.

A lição é clara: leva o leitor a repensar seriamente se vale a pena ser pessimista.

As narrativas concluem que o melhor caminho é se distrair, expulsar a tristeza para longe e consolar o coração.

Hamilton surpreendeu sua família com a capacidade de expressar sentimentos em palavras.

Este prefácio foi escrito em conjunto por sua filha, Rosane, e pelos seus netos, Antônio Neto e Laís.

Temos certeza de que seus leitores vão passar horas agradáveis na companhia dos seus escritos, e espera-se que saiam tão inspirados como nós.

Rosane Cristina Zanon Sanseverino
Médica Pediatra.

Antônio Carlos Sanseverino Neto
Engenheiro da computação e Engenheiro mecânico.

Laís Sanseverino
Bióloga e faz mestrado em Design da Informação,
na Universidade Federal do Paraná.

Incluem-se algumas reflexões denominadas
Meditar sobre o cotidiano

MEDITAR SOBRE O COTIDIANO

A morte não é o mal maior diante do inevitável. Pior é a vida maltratada, sem disposição e sem perseverança.

.X.

Reclamar e chorar pelos cantos transmite insensatez. Reaja. Se for árdua materializar o capricho da imaginação, persista. Os ganhos acham-se perto. Agarre-os.

Se particularidade o leva acreditar a noite é lenta; entretanto, torcer e olhar os ponteiros do relógio definir fazê-la mover-se depressa fácil de entender: impraticável alcançar êxito. Estéril fantasia. Serene-se.

.X.

Precipita-se fazer elogio exacerbado a interlocutor pelas prováveis qualidades. Ilusivo prevalece. Confunde a boa intenção. Julga-o idiota.

Praticar delito o imbecil poderá ficar desprezado. Carece de apego. No fim, a alma dele irá arder pendurada no estilete apenso ao limbo do satanás.

.X.

Submetem-se a inúmeros obstáculos. Privações de reservas espirituais hábeis sucumbem ao primeiro. Robustecerem-se proporciona subjugar as desventuras.

Infrutífero tentar prolongar o transcurso da existência. Despedir-se é infalível. Rito traçado há séculos ensina: enquanto uns expiram-se quem sobreviveu toma posse daquela posição transitória delimitada.

.X.

Ansiar o bem-estar valer-se dos próprios meios deve ser elogiada. Contudo, seria inoportuno e burrice desprezar a opinião das pessoas longevas.

A bondade nasce e faz parte do íntimo das pessoas. Todavia, ninguém é santo revestido de túnica branca e vermelha isento das contrariedades preponderantes.

.X.

Ordenado, determinado e decidido revela ânimo contagiante. Regozijar é especial. Possibilita vencer tranquila a tarefa agendada.

É indispensável celebrar quando a chuva provier. Depois com o auxílio do astro-rei brilhando por certo germinará com facilidade a semente lançada no solo: então advirá bonança de bons alimentos.

.X.

Se for jovem ou idoso alicerçar-se. O moço honrado luta com pertinácia fito de progredir. O ancião aproveita para atualizar os conhecimentos adquiridos. Empenho conjunto útil à comunidade.

Era 13h00, agora 13h03,
do dia 26.03.2022.

O
Tempo
É
Uma
Estrada
Sem
Retorno.

Autor: Eu

SUMÁRIO

MEDITAR SOBRE O COTIDIANO 15

EXCERTO 35

A SEGUIR, AS NARRATIVAS 37

ADVERTÊNCIA 39

ALGUÉM 43

ALTERNÂNCIA 45

AMIGO DO PEITO 49

ARBUSTO CUIDADOSO 51

ARREBATAR 55

ÁRVORE 57

A VIDA PASSA 59

BELEZA 65

BONDADE 67

CALADO DESCANSO 71

CALENDÁRIO 73

CAMINHO 75

CAMPONESA 77

CRISES 79

CUIDADOS 81

DESNORTEADAS 83

DOR 85

ENCONTRO...........87

ENGODO...........89

ENTRECRUZAR...........93

GUERRA...........99

HIPOCRISIA...........101

INCÓGNITA...........105

INDEFINIÇÃO...........109

INQUIETAÇÃO...........111

INTERCURSO...........113

JORNADA: INÍCIO E FIM...........115

LADRÃO...........117

LÍQUIDO PERFEITO...........123

LOBISOMEM BRINCALHÃO...........125

LUTAR DE DIA E DE NOITE...........151

MINHA FILHA...........157

MISTÉRIO...........159

MULHER ANDANTE...........167

MULTIPLICIDADE...........169

MÚSICA...........173

O ATOR E O ESPECTADOR...........175

O PIOR DE TUDO...........179

OS ENCANTOS NATURAIS...........185

OS VELHINHOS QUERIDOS...........187

PANORAMA.. 197

PASSAGEM 199

PENSAR E REPENSAR.. 201

PERCURSO... 203

PRATO VOADOR.. 205

PROPÓSITO.. 215

PROTETOR.. 217

QUIPROQUÓ.. 221

REMINISCÊNCIA.. 229

RUMO INCERTO... 235

SEM RESPOSTA... 237

SINA 239

SOLIDÃO... 241

SOSSEGO 243

SUBLIME... 245

TERMO... 247

UM SEGUNDO... 249

UTOPIA 251

VIVENCIAR.. 253

EXCERTO

... noitecer complementa à tarde.

... a saudade é saudada com manifestação física de amor.

... lágrimas dos lindos olhos caem pingos a pingos, escorregam no arroio.

... guerra é falsa ilusão.

... são atividades essenciais, acarretam benefícios ao melhor amigo do peito o coração.

... homens e mulheres buscam quefazeres.

... nascente lança água cristalina pura.

... música é sedativo faz olvidar tribulação.

... depois dormia, dormia e ria.

... bote a cuca para funcionar.

... calado descanso imutável.

... querer existir notável ato de coragem; ir ali vem hesitação: retornamos vivos ou trazem-nos mortos.

... ver a onda aproximar-se ornamentar as pedras, atrair consigo algas belas limpar os pulmões da terra.

A SEGUIR, AS NARRATIVAS

ADVERTÊNCIA

Estranho:
O homem é um intruso na natureza.

1 –Sua criação – cuidado:
Centenas, milhares, milhões de veículos circulam pelas cidades todos os dias, jogam na atmosfera fumaças venenosas.

Sua criação – abusos:
Casas, edifícios, viadutos, ruas, avenidas, estradas: são entulhos dispersos por toda a extensão disponível – impedindo-a de manter sua harmonia secular.

Sua criação – falsa ilusão:
Revólveres, fuzis, metralhadoras, aviões de caça, submarinos nucleares, mísseis: artefatos concebidos artificialmente com a única finalidade eles os homens se destruírem mutualmente.

2 – Por um pedaço de terra:
Surgem os rancores, as vinganças, as ameaças e os desentendimentos entre as nações.

Consequência:
Vem à fome, as doenças, dizimando e destruindo famílias inteiras.

Covardia:
Nada segura a loucura impregnada na alma dos covardes, somente para mostrarem e dizerem: não venham sou forte – tenho milhares de soldados treinados equipados com armas destruidoras.

3 – Não faz falta – ruindade:
A vida pouco importa de cem mil, de trezentos mil ou de um milhão – raciocinam: o planeta é povoado por cerca de sete bilhões de pessoas.

4 – insânia:
Nada tem valor para o idiota.
Para o psicopata.
Cogita abarcar e ter domínio sobre todas as coisas.

5 – Aprazimento:
Ele se diverte com os tiros e os estrondos das bombas.

6 – Não demora muito arrependido.
Destrói-se a si mesmo.

7 – Finalmente esperança.
Em um corpo benévolo os braços e as pernas não se destinam a manusear armas e sim, cuidar da terra, semear e colher os alimentos.

8 – Servir a todos.

ALGUÉM

A cachoeira traz-me serenidade igual som musical das flores.

Derivam-se lembranças gostosas cerne solicitude passageira.

Escuta-se voz seduzir anteparo quente afetuoso.

Avistou-se alguém que se sustenta numa felicidade só: felicíssimo.

ALTERNÂNCIA

O dia e a noite, a noite e o dia.

É a dosagem perfeita.

Sabia? Negativo.

Fique sabendo.

Essa conclusão é assente.

Um vai, outro vem.

Um vem, outro vai

Um não espera o outro para contar o que aconteceu ontem.

Ambos programados especularem avante.

E daí?

E daí o registrado nos blocos destacáveis se convencionou chamar de domingo, segunda-feira, terça-feira, quarta-feira, quinta-feira, sexta-feira, sábado: é divagar para obscurecer as falsidades pertinentes ao universo.

Interverta as palavras.

Sábado, terça-feira, quinta-feira, segunda-feira, quarta-feira, sexta-feira, domingo.

Transformou alguma coisa? A rotação terrestre continua? Sim.

Simples folha ou bloco de papel inexistência de valor.

Pense e responda se é embaraçoso entender?

Alternativa: bote a cuca para funcionar.

Sai século, entra século e nada muda.

Certo? Duvidoso?

Chega de queimar as pestanas filosofar sobre a irrealidade.

Recomendável parar pode ser levado direto ao hospício.

Mas os manicômios não estão desativados?

Parcial.

Muitos de seus frequentadores habituais e àqueles outros doidos conhecidos juntos ou misturados agora são sempre vistos pelas ruas?

Muitos acreditam.

AMIGO DO PEITO

Caminhar, correr ou assobiar.

No campo, na praia.

Alvorada:
crepúsculo matutino.

Vespertino:
antes do anoitecer.

São atividades essenciais acarretam benefícios ao melhor
amigo do peito
     o coração.

Não o maltrate:
com alimentos dispensáveis.

Não o iluda:
com irrefletidas decisões.

Não o engane:
com desilusões correntes.

Não o entristeça:
com palavras vãs.

Não chore:
os remorsos transcorridos.

Seja alegre e não falso.

Siga trilha pacata.

O coração contente pulsa forte incorpora efeitos benéficos
na esteira fugaz da
existência.

ARBUSTO CUIDADOSO

Moradores próximos passaram a observar - não faz muito tempo
um imponente arbusto junto com suas folhas; encarregam-se de cuidar, preventivamente, de um manancial extenso, ao lado.

Sempre existiu evidentemente, mas nunca ninguém teve a iniciativa de se preocupar com ele.

É correto dizer, sua origem remota a era da pré-história humana.

Por que somente agora às pessoas o perceberam, se estão naquele quadrado há muitos anos?

É possível, devido as preocupações decorrentes das tarefas do dia
a dia - de repente, sem pressentirem, destravou e desentortou as emoções represadas -; até então escondidas no inconsciente há
muitas décadas.

O arbusto conserva a cor natural e o tamanho da reserva, tudo levar a crer, mantém-se estável.

Seu instinto bom não oferece perigo àqueles procuram abrigo para descansar um pouco embaixo de suas frondosas folhas verdes.

À distância observam seus galhos fortes balançando, trazendo alento às pessoas acabrunhados e tristes.

Gostam-se de se aproximar sentir a beleza da folhagem harmoniosa se expandindo cada vez mais, no vácuo imperceptível.

Provoca encanto pelos atributos ora aludidos e pela imagem encantadora atraindo o olhar e a atenção dos visitantes.

Analisar o todo quanto ao local onde está localizado o manancial; conclui-se deve ser resultado de atividade não percebível dentro de um espaço em constante volubilidade.

Pois é, se de fato o emotivo destravou e desentortou então decidiram servirem de amparo a ele (arbusto) para não permitir
ninguém ou algum safado venha destruí-lo com seus afiados machados.

De dia e de noite, com chuva ou sem chuva, com os olhos bem abertos fiscalizam os transeuntes por lá passam e param; não se
sabe qual é o propósito ou desígnio de cada um.

No atual estágio da humanidade não existe mais segurança recíproca entre os viventes que circulam de um lugar para outro,
embora, ainda, a maioria é de boa índole.

Se realmente é assim, então é bom celebrar.

Os arbustos fazem a tarefa deles, cuidam dos mananciais.

Aos homens e as mulheres cabem a escolha - não podem errar -;
tratar a natureza com respeito ou continuar a maltratá-la como
acontece no presente?

Portanto, se errarem - será o caos; podem ficar sem água para sempre.

Juízo.

ARREBATAR

Alta velocidade leito da estrada motorista dirige veículo mortífero infere-se é um funesto insensato.

A razão? Cadê a razão? Sendo fácil converter-se irresponsável.

Vinte e quatro horas? Insuficientes. Precisa-se de 36, de 48.

Precisa-se do infinito para o louco.

100 bagatelas. Velocímetro marca 200. Necessita alcançar o topo. Ah! Topo da vitória. Jactar-se é o máximo.

Tem grandiosa casa. Tem vivenda no litoral. Tem até um castelo dourado.

São úteis? Provocou horrível acidente. Deu sucessiva batida violenta em um automóvel deixa-o de rodas para cima. Mata um pai guiava dentro dos limites de velocidade.

No banco de trás protegida pela mãe linda menina. As duas morreram. Ao lado do pai morreu também belo jovem. Preparava-se para o vestibular.

Aleivoso. Praticou mortandade. Abortou sonhos. Abortou projetos.

Pouco faltou para morrer. Mas paralítico: os ossos das pernas, dos braços e da face quebrados.

Subiste-lhe simples cadeira de rodas. E infindáveis arrependimentos ao provocar o extermínio de unida família.

ÁRVORE

Grande árvore entre os arranha-céus, calor causticante perdia o verde original.

Bonito bondoso velhinho cabelo solto avizinha-se; conduz regador umedece as raízes a faz reviver.

Residentes próximos abraçam-na.

Mercê tamanho carinho agradece.

Belas folhas brotam esplendorosas de eterno agradecimento.

A VIDA PASSA

1.

Se estiver intimamente feliz.
Se estiver enfadonho.
Não importa.
A vida passa.

Se estiver em guerra.
Se estiver em paz.
Não importa.
A vida passa.

Se estiver em padecimento físico.
Se estiver tranquilo.
Não importa.
A vida passa.

Se estiver a esperar um visitante.
Se tiver esperança de conhecer alguém.
Não importa.
A vida passa.

Se estiver com remorso.
Se estiver com a consciência pura.
Não importa.
A vida passa.

Se estiver opulento.
Se estiver pouco favorecido.
Não importa.
A vida passa.

Se estiver a praticar a religião católica.
Se estiver junto a igrejas que seguem o evangelho.
Não importa.
A vida passa.

Se estiver unido pelo casamento.
Se estiver celibatário.
Não importa.
A vida passa.

Se estiver se divertindo.
Se estiver em casa.
Não importa.
A vida passa.

2.

Obstáculo nenhum detém o curso da estrada.
Nada é inerte.
Tudo se movimenta.
Não importa.
A vida passa.

O relógio agora mesmo marcava 19h39min.
Simples instrumento inanimado.
Óbvio não espelha o real do corpo e da alma.
Não importa.
A vida passa.

Um dia não é idêntico ao outro.
Noites não são uniformes.
Não importa.
A vida passa.

Seus cabelos eram pretos.
Semelhantes a um cacho de abelha.
Agora não é mais.
Não importa.
A vida passa.

3.

Siga o trajeto traçado.
Reconheça a sua importância.
Não importa.
A vida passa.

Espera lá!
Mas não se extermina.

Renasce de suas próprias energias.
Luminosa sem mágoas e ressentimentos.
Como as flores a romper esplendorosas nos jardins.
Expressa alegria e contentamento com o novo dia.

BELEZA

Noitecer complementa a tarde.

Lua recolhe-se.

Raios solares despontam-se.

Nevoeiro espesso desaparece.

Na dianteira da claridade aves recomeçam a cantar.

Também festivos os animais selvagens bravos saúdam e dão boas-vindas ao novo amanhecer lento agita-se.

BONDADE

As paredes da casa eram todas pintadas de branco.
As janelas na cor cinza.
As portas na cor marfim.
O piso na cor dourada.

Numa tarde ensolarada.
O tempo deu uma virada.
Veio um vendaval furioso.
Levou tudo para o chão.

Ainda bem - a casa estava fechada, sem ninguém.
Todos haviam idos à festa de São João.
Quando voltaram só encontraram uma foto.
Estava com rasgos em cima de uma árvore no quintal.

Ficaram muito tristes.
Todos começaram a chorar.
Para onde ir, ninguém sabia.
Pedir socorro a quem.

Depois os pais disseram aos filhos.
Vamos recomeçar tudo de novo.
Ninguém ficou ferido, vamos em frente.
Temos saúde e disposição.

Restava uma alternativa.
Ajoelharam-se e rezaram.
Pediram a Deus nova morada.
Não demorou muito - muita gente veio ajudar.

Alguém se relembrou de uma casa.
Os donos encarregaram a um amigo.
Simplesmente cedê-la a alguém cuidá-la.
Estava desocupada e mobiliada.

Os donos se mudaram - outro continente.
Só com as malas de roupas e do corpo.
Foram embora intenção nunca mais voltar.

Para não se exterminar ao longo dos meses.
A família foi convidada lá se acomodar.
Assim surgiu essa oportunidade, sem esperar.

O destino sempre tem uma surpresa a revelar.
Ter confiança, esperança nunca desespero.
A luz jamais se apaga na extensão do horizonte.

São forças do interior da alma a proferir.
Seja forte corajoso jamais desanimar.
De modo inexorável nunca retornar ao decorrido.

Muda o rumo de muitas caminhadas.
Ter avidez própria.
O tempo todo.

CALADO DESCANSO

Eu espio silêncio estranho circunvizinhança da região.

Ruído é padrão. Complicado entendimento.

Viceja intriga a indicar perturbação intensa.

Contra o malévolo talvez necessite reconduzir-se
a diferente vereda a paz até o momento é sequência
imaginária vaga.

A humanidade se surpreenderá dado abundante
constrangimento moral a evolução pode retroceder.

Advinda intempérie atingirá os bons e os maus diminuída
quantidade deve testemunhar se despontou do céu ou do
inferno.

Possuem-se suficientes exemplos aclarar o discernimento
daqueles os quais insistem espalhar terror
castigo merecido ausente.

Solução determinar a corrigir o caráter existe preferem
oportunidades escusas e impróprias.

Basta apertar inocente tecla e o planeta transforma-se em
vapor acinzentado sufoca-o.

Conclusão: calado descanso imutável.

CALENDÁRIO

Afirmam: o globo terrestre gira em torno de seu
próprio eixo, ledo engano ou pretexto bobo a justificar
o calendário?

Segundos e minutos dos relógios invenção ardil
rodam. Argumento categórico: a transição é fixada
pela natureza.

Cabelos brancos lembram o passado.

Produzidos efetivamente jamais se possam aprimorar.

Desviar-se manufaturar impossível readquirir.

Veja o horizonte: nuvens inconstantes divertindo-se de
esconde-esconde a rodear o céu.

CAMINHO

Eterna procura pela ventura é constante, imprevisto surge: empecilho a ultrapassar nebuloso.

Incontroláveis aflições condutas modificam-se de posição.

Objetos celestes difíceis abalroam-se.

Todos os contemplam atônitos.

Forças devastadoras implícitas exigem respeito.

Desafiar o equilíbrio é perigosa ousadia melhor seguir o itinerário.

Início é segredo guardado.

Proveitoso conservá-lo para todo o sempre.

CAMPONESA

Percorrer a floresta florida a camponesa sentiu-se satisfeita: chora.

Lágrimas dos lindos olhos caem pingos a pingos escorregam no arroio.

Andar suave respeita a tranquilidade das espécies coabitam arbustos intocados.

Todas elas espontaneamente estimam a nova bonita amiga do pedaço.

CRISES

Nas crises sejam elas:

Humanitárias

ou

Econômicas

Devastam o planeta terra - de tempos em tempos - jorram, infelizmente,
as imperfeições dos seres humanos.

CUIDADOS

Há muita maldade no cotidiano envolvendo a coletividade humana; atualmente.

Aconselha-se muita cautela defronte a imoderada movimentação; das ruas.

Perambular pelos arredores à cata da ilusão dos divertimentos; expõe-se a risco.

Hoje não se sabe como se cuidar devido a inata singeleza; honesta pueril.

Por aí há patifes vil de tocaia perseguindo vítimas sem vivacidade; peculiar à época da vida.

DESNORTEADAS

Criaturas desnorteadas estranham-se.

Perdidas, céticas.

Casas são fortificadas: atormentam-se.

Pertencem a humanidade, esquecem-se:
tornando-se bichos.

Episódios inditosos acreditam irremediáveis.

Morrem.

DOR

Dor sensação desagradável.

Recôndita incógnita.

Altera súbito o humor.

Sofrimento atroz: às crianças, aos jovens e aos adultos.

O santo remédio da vovó preservado pouco resolve.

Obstinar-se, erguer-se da própria fraqueza.

Segue voo altaneiro porquanto a dor extinguiu-se.

ENCONTRO

Aos lares seguem os trabalhadores apressados.

Familiares os esperam.

Livram-se da fadiga dormem.

Ao despertarem exibem contentamentos.

Moradias são arrumadas novamente com carinho.

Prova irrefutável: a convivência renascendo assemelha-se a amplo aprendizado; saudade é saudada com manifestação física de amor.

ENGODO

Arriscar-se acreditar em algo sobre-humano servir-nos de guia é desleal aparência a lesar nossa magnanimidade.

Templos astuciosos.

Reside aí o perigo.

Pilantras prometem dádivas irrealizáveis.

Crentes sugestionados foram enganados.

Constante circunda-nos gestos santos levar à consagração salvar-nos.

É translúcida enganação.

Meta: furtam nossos bens materiais internando-os nos baús recheados de ouro.

Obterem sustentos à maneira honesta pouco provável; apoderam-se de nossas fragilidades passageiras.

Ad infinitum: pragas de pérfidos milagrosos existirão.

Traiçoeiros apresentam-se disfarçados ponto de mira surripiar-nos.

Usam dinheiro enodoado comprar os meios possíveis.

Em absoluto reproduzimos à semelhança de robôs automatizados repetindo movimentos sincronizados inertes.

Temos iniciativas sólidas próprias destinadas rechaçarem asneiras oriundas de conselhos pífios.

Inadequado atender aos apelos de supostos religiosos, todos soltos por aí, a fanfarrearem são procuradores divinos.

Súcia de usurpadores maldizentes embrulhados em envoltórios malfeitores.

ENTRECRUZAR

Progênie.
Metrópole: madrugadas frias eu faço caminhadas, tenho o hábito de utilizar as alamedas e recolher mensagens descritas em frações de papéis enroladas, jeito de anel.

Difícil.
Abrir escancará-las reflexão delicada. Colecionei-as por vários meses. Cesto confeccionado de algodão liso abarrotava-se. Escritas de próprio punho arremessadas de hospitais, de orfanatos, de prisões e de edifícios resplandecentes.

Decisão.
De manhã. Poltrona próxima a uma loja. Nela, sentei-me. Expor rasgá-las cuidados ao apanhar algumas.

Ei-las:

Primeira mensagem - história enigmática.
Descreve a autora: sou jovem. Elegante. Moro neste orfanato desde a adolescência. Todavia, acontecimento inesperado aconteceu: percebi desconhecida figura sempre me acompanhar diuturnamente.
Tinha os cabelos encaracolados e os olhos azuis. Os gestos eram dóceis e afáveis. Estava sempre rindo nunca me deixa. Estabelecido dia do processo mental desapareceu. Após, em definido ensejo de madrugada no quarto espectro lá do teto recomenda: largue o abatimento, o desânimo, fortaleça-se, reanime-se, até breve. Intensa luminosidade manifestou-se no interior da casa. No dia seguinte o jardim apresenta alterada paisagem minha mãe veio à recordação.
Pressentia-a fui até lá. Nada foi encontrado. Agora vida nova; com os olhos nos tempos futuros, atual presente será de entusiasmo.

Segunda - abandono de maior.
A autora faz um apelo: internaram-me neste hospital há meses. Em nenhum momento fui louca, alienada, demente. Meu amor, manifeste-me proteção. Recolha-me.

Terceira - hipnopômpica fugaz.
No início da tarde de uma terça-feira o autor registra: contemplo na

rua efervescência de automóveis, de ambulâncias e de carros de

polícia. A distância acompanho gente estranha em circulação.

Repentinamente sensação de mal-estar envolveu-me. Senti a entranha furiosa. Prescrevia.

Ignore:

- os estúpidos.

- os desprezíveis.

- os corruptos.

- os hipócritas.

- os mentirosos.

- os aproveitadores.

Ao recuperar-me encontrei-me sentado na calçada, só.

Quarta-desvairamento.
O autor descreve: ao passear pelo bosque bastante arborizado, em

curto espaço de tempo, o dia torna-se nubloso; trovoadas cruzam o

céu no sentido norte/sul. Remoinho forte. Experimento sair do local,

minhas pernas desobedecem. Num abrir e fechar de olhos eu me vejo

dentro de uma poça: o corpo cheio de flores a cutucar as orelhas.

Uma voz anuncia: levanta-te, levanta-te, a porta está por fechar.

Saia rápido se vacilar pode o afogar com as lágrimas de seus olhos.

Pausa para descanso – final circunspecto.
Segundos da vida estão a esgotar-se. Encantos e desencantos ficaram para trás. Apesar das incertezas, consegui superar as dificuldades. Não entender a motivação conservar-me, porém, sem dúvida, valeu a pena ter vivido. Aventure-se recolher outra narrativa. Leia e a descreva. Ficará surpreso. Certeza outro caso real respeitante ao ser humano. O cesto pesa. Insuportável. Ombros estão velhos. Necessito abrigar-me. Hoje se findou amanhã vindouro. As mensagens descritas são amostras de um todo recolhido aleatoriamente. Ler as remanescentes agora é tarefa espinhosa, portanto, ficam estocadas. A leitura delas fica para posterior jornada se eu ainda estiver por aqui.

GUERRA

Passo a passo vê-se terrifico bombardeio.

Incivilidade recomeça?

Guerra é falsa ilusão.

Haja oceano, haja território, onde andam os homens perdidos.

Renasce a prudência silenciam os canhões.

Desaparece a escuridão.

HIPOCRISIA

Cidade invisível.
Onde você vive.
E não vê ninguém.

Ouve-se apenas murmúrio silencioso.
Sem o calor humano.
Vindo de um lado e de outro.

Serão gentes que lá estão em seu casulo?
Fugindo de algo que os perturbam?

Não se expõem em nenhum momento.
Submergindo no anonimato.

Sigilosamente adentram em seus veículos.
Desaparecem no alvorecer do dia.
Regressam ao anoitecer.

Serão sombra soturnas?
Movimentam-se num espaço de tempo.
Somente a eles pertencem.

Não importa o confinante.
Coisas estranhas.
Como se nada mais existisse.

Este será o perfil atual da modernidade?
Ou é o fim de tudo que se aproxima?

Melhor não pensar.
Seguir sua direção.

Devagar para não tropeçar.
Ninguém a acorrer.

Rezando o Pai Nosso.
Expirar em seus próprios braços.
Sem dar trabalho a ninguém.

INCÓGNITA

Acompanhando a paisagem deslumbrante no percurso um indivíduo vem de longe.

Chegando ao fim da linha desaba na entrada da porta da casa fechada.
Dorme.

Ao acordar, não se lembra porque ali se encontra perdido naquele mundo estranho.

Tudo era diferente.
As casas, as ruas, as praças.
Pouco ou nada circulava por lá.

Sombras se projetavam distantes.
Pouca ou nenhuma luz do sol.
A escuridão constante não se dissipava.

Num impulso muito forte retrocede sua mente há muitos anos atrás a procura de seus antepassados.

Seu corpo não acompanha a velocidade de seus pensamentos até então inertes e prostrados ante as dificuldades.

Mas aos poucos se desvencilha daquele torpor terrível a tempo de encontrar uma saída.

Daí nova trajetória se descortina logo ali na frente antes não via.

O raciocínio lento é ainda um entrave inesperado aos seus movimentos.

Destarte, não custa sonhar não muito distante numa possibilidade singular para escapar das maldades subjetivas.

Experimentar fazer um esforço com a alma.
Parte imaterial da vida a uma atividade.

A universalidade não passa de mera fantasia.
Não há fato concreto iminente.

São deslizes costumeiros.
Diante de incertezas.

Há uma grande montanha logo ali.
Com extensão ilimitada de bosques.

Venha o almejado sossego.
Ininterrupto e contínuo.

INDEFINIÇÃO

Humanos resignados sofrem de enfermidades indefinidas resultam angústias: matando-os devagar.

Descuidam-se.

Esquecem-se o presente.

Fado indistinguível.

Irregular costume.

Algum fenômeno é factível, sobranceiro possa animar perfeita satisfação física.

Aguarda-se.

INQUIETAÇÃO

Tristeza danada implica em situação deprimida, carrega problemas reais ou repetidas vezes fictícios.

Penoso evitar o nefasto.

Surgem ideias más e boas.

Predominam as más, arrancar coisas estranhas.

Eventos abrem fardos no interior da alegoria inoportuna.

À boca da noite, nervosismo desarranjou-se pelo corredor trepidante.

De madrugada na esquina: rapazes pulam, gritam, choram e definham-se.

Particular visão antagônica incompreendida sobre a senda real.

INTERCURSO

Tento decifrar acontecimentos rotineiros, revoluteiam-se inesperados despertam a sensibilidade psíquica.

O verão célere terminou, o outono começa e o inverno e a primavera, na fila, aguardam a chance: mostrarem as garras.

Intercurso é muitíssimo veloz.

Não há mais espaço para os antigos e bons prazeres diários.

Rota segura é superada pelo raciocínio rápido andante.

Planejar a época vindoura não é possível, toda gente acelera a marcha oposto a suavidade inseparável da alma.

JORNADA: INÍCIO E FIM

Sem forças, cansados: homens adormeceram-se.

Restabelecem-se.

Prontos novamente seguimentos ao labor.

Desenganos surpresos clamam:

- obras ultimadas.

- crias desenvolveram-se.

Reminiscência longínqua.

LADRÃO

Personagens.
Edifício. Desço pelas escadas. Abro a porta. Em seguida vem à calçada. Paro. Abstraído ouço murmúrio incessante.

Do lado direito: o jovem forte andava imponente.

Na frente: freira faz a leitura da bíblia compenetrada.

Do lado esquerdo: casal de idoso simpático pensativo vive o pretérito.

Atrás: meninos agitados moradores nas ruas abandonados sorriem.

Disparate inusitado aconteceu...

Corrida.
Alvoroço excessivo se alastra.
Vulto na redondeza percebe-se.
Inseguros todos reagem.

- **o jovem forte** assusta-se ao ver-se em situação de perigo impetuoso ruge.
Pega, pega, pega...

- **o casal** aceso esquece a idade avançada joga os óculos fora esquecem o reumatismo protesta.
Pega, pega, pega...

- **a freira** coloca a bíblia embaixo dos braços andamento rápido
preocupada com os afazeres do dia mantém uma atitude severa
aconselhou vem para cá pecador sou capaz de exigir prestar contas
das maluquices cometidas no decorrer de sua existência que o
incomodam tanto; humildemente se entusiasmou.
Pega, pega, pega...

- **os meninos** esfomeados falam alto: infame, incorrigível.
Pega, pega, pega...

- **eu** entrei na onda caso não o fizesse poderia ser confundido disparei.
Pega, pega, pega...

Confusão.
A via pública cheia. O bafafá intensificava-se. Balbúrdia geral. Os curiosos andam rápidos.
Uns correm.

O jovem forte dá até pirueta no ar diz: aproxime-se receberá bruta pernada desmaiará imediato.

A freira naquele ajuntamento orienta para se evitar o empurra e empurra as mãos levantadas pede ajuda a Deus para evitar qualquer incidente.

Os idosos esfuziantes.

Os meninos nunca se prestaram tanta atenção a eles. Dão risada franca, prolongada, divertem-se.

Pânico.

Os passantes circulam, discutem, conversam e quando percebem a extensão do logradouro, acaba. Param. Esquisito fantasmagórico apareceu sentado. Questionou bem alto. Investigam?

O povaréu respondeu:
- Não.
- Não.

O casal de idoso, o jovem forte, a freira e os meninos foram lá para frente.
Olham aquela divindade estranha logo em seguida repergunta:
- Quem é o ladrão?
- Quem é o ladrão?

Respondem:
- Não sabemos.
- Não sabemos.

Eco forte repercutiu-se.

Entreolharam-se:
- Vamos embora.
- Vamos embora.

É o pânico da imaginação.

LÍQUIDO PERFEITO

Nascente lança água cristalina pura.

É imprescindível.

Preciosa.

Vital.

Concebe o rio.

Participa da criação de frutos obrigatórios à saúde humana.

LOBISOMEM BRINCALHÃO

PRIMEIRA PARTE.

1.

O lobisomem mora numa mata fechada não muito longe de uma pequena cidade. Andava triste e acabrunhado com a rotina do dia a dia. Lá pelas cinco e trinta de uma manhã, resolveu dar uma olhada na redondeza. Foi andando lentamente, sem dar conta, avistou, não muito distante, luzes piscando.

2.

Ao adentrar na redondeza viu um vulto subindo numa escada já próxima da janela de uma casa com a perna esquerda já dentro. Aproximou-se, deu mais alguns passos. Era um cara grandão e gatuno.

3.

Você já sabe: lobisomem não fala. Só se comunica com grunhidos:
hum... hum... hum... Deu uma batida na escada. O gatuno olhou para baixo e notou aquela coisa estranha, peluda e preta.

4.

Então o lobisomem: hum... hum... hum... - bem alto. O cara pulou da escada caindo nos seus braços. O lobisomem olha para o gatuno. O gatuno olha para o lobisomem. Não conseguia escapar.

5.

O lobisomem continua: hum... hum... hum... - Pediu as roupas dele. Como já

foi dito alhures o gatuno era grandão. Aí o gatuno já pelado escapou, saiu

numa disparada a mais de cem por hora sem olhar para trás, gritando - tem

lobisomem por aí...tem lobisomem por aí...; - entrou numa estrada seguindo

pelo acostamento. Os caminhoneiros passavam buzinando bem alto:

cuidado "peladão", cuidado! senão os selvagens irão morder suas nádegas.

Até hoje continua desaparecido.

6.

As roupas do gatuno eram pretas, tanto a calça como a camisa. O

lobisomem vestiu as roupas para cobrir o corpo peludo. As mãos e os pés

ficaram de fora.

7.

O dia com bastante sol e o povo já estava nas ruas. O lobisomem foi se

deslocando devagar até a praça da pequena cidade.

SEGUNDA PARTE.

8.

Lá na frente avistou um grupo de gente brigando. O lobisomem se

aproxima. Bateu nas costas de um curioso assistindo a confusão. O cara

olhou para trás. Encarou aquela coisa grande. Nós pés e nas mãos, os pelos

pretos apareciam. Deu um grito. Tem lobisomem na praça. Saiu correndo

sem rumo.

9.

Os "briguentos" ouviram aqueles gritos. Olharam pelos lados. Viram aquela

"estátua" preta, enorme. Não tiveram dúvidas. Pararam com a briga. Todos

"voaram" rumo a mata fechada. Menos quatro. O lobisomem segurou-os

pelas orelhas. Dois de cada lado. Levantando-os bem alto: hum... hum... hum...

10.

Os caras gritavam: nos solte lobisomem. E o lobisomem: hum... hum... hum.

Após alguns minutos, libertou-os. Saíram bufando. Encontraram os outros

que iam em velocidade em direção a floresta.

11.

Entraram na mata. De repente ouviram: hum... hum... hum.... Era outro

lobisomem. Gritaram, de novo. Deram marcha ré. Em disparada notaram lá

frente um grande rio. Se jogaram dentro dele. Foram nadando até a outra

margem. Olharam para trás. Disseram: até que enfim estamos salvos dos

lobisomens. Andaram rápidos em direção a uma estrada. Até hoje não se tem notícias dos briguentos.

12.

Enquanto isso! Na pequena cidade, o primeiro lobisomem continuou

aprontando das suas: hum... hum... hum... Andou um pouco. Viu uma casa

diferente, a porta estava aberta.

13.
Entrou. Avistou um cômodo. Tinha uma cadeira. Sentou-se. Estava quase dormindo quando ouviu: bom dia padre; bom dia padre; bom dia padre. Era uma mulher. Ia se confessar. E o lobisomem: hum... hum... hum.

14.
O lobisomem queria tirar uma soneca. Não deu, pois a mulher começou a

contar a sua história. Padre, ontem eu pequei. Pequei de novo. Pois é, seu

padre, fui dormir com um cara estranho. Mora noutro lado da rua.

15.
Aí o lobisomem perdeu a paciência. Hum... hum... hum... - bem alto. Colocou

a mão peluda na cabeça da mulher. A mulher viu aquilo. Deu um grito. Tem

lobisomem na igreja. Na confusão saiu às pressas. Enroscou a saia na porta.

Foi embora com a roupa rasgada. O povo não perdoa. Falavam alto: tem

mulher pelada. Tem mulher pelada na rua.

16.
A mulher mora numa casa na rua Bento Salgado, nº 69. Estava tão

apavorada com o lobisomem. Entrou por engano na casa do vizinho de nº

96. Foi para o quarto, escondeu-se atrás da porta.

17.
Em seguida chegou o dono da casa. Foi para o quarto onde estava

escondida a mulher. Tirou a roupa, ficou somente de cueca. Ia para o banho.
De repente chega também a mulher do dono da casa.

18.
Estavam batendo "papo" quando ouviram: "atchin... atchin... atchin". A
mulher do dono da casa desconfiada foi ver quem estava espirrando. Deu
de cara com a mulher. Trouxe ela. Perguntou para o seu marido: ah é... então
você veio mais cedo do serviço com esta mulher.

19.
Ficou uma fera. Foi até a cozinha. Pegou uma vassoura. Começou a bater
no marido e na mulher. Dizia alto:
- Fora da casa, os dois. Fora, os dois.
O marido tentava apaziguar as coisas:
- Sou inocente, não tenho nada a ver com essa mulher.
- Eu quero nem saber.
Começou a perguntar como essa mulher havia conseguido entrar ali.
O marido:
- Não sei; não sei.
- Você só de cueca. Ela quase nua. Tem coisa aí. Fora, os dois. Fora, os dois.

TERCEIRA PARTE.

20.

O lobisomem saiu do confessionário. Deu alguns passos. Viu um outro

cômodo. Era um quarto. Sentou-se num lado da cama. Repentino, o padre

que ia lá dormir viu aquela coisa peluda sentada na cama e deu um grito. Saiu

às pressas. Entrou debaixo da cama de outro quarto. Nesse ínterim, entra a

dona Maria que ia limpá-lo. Deu de cara com o lobisomem. E o lobisomem:

hum... hum... hum... A mulher dispara para o quarto. Entra debaixo da cama

onde estava o padre.

21.

Um fala para o outro: tem lobisomem. Sim. Ficaram quietinhos,

juntinhos, debaixo da cama. Logo após, aparece outro padre que ia para o outro

quarto. Distraído, senta-se em cima do lobisomem. O lobisomem:

hum... hum... hum. O padre cai. Levanta-se. Precipita-se para o outro quarto.

Decide entrar debaixo da cama. Observou: já estava ocupado.

22.

Era o padre Joaquim que estava escondido debaixo da cama com a dona

Maria. Fica surpreso: Você debaixo da cama com dona Maria. A dona Maria

faz gestos: psiu... psiu... psiu. Esse outro padre, às carreiras, deixa a igreja. Na

confusão. Na correria enrosca a batina na porta. Sem batina mesmo vai até
a Delegacia avisar o delegado.

23.

O delegado diz ao padre: não é a primeira vez que ouço falar nesse tal de
lobisomem. Chama dois policiais. Vocês os acompanham. Ele irá mostrar
onde o lobisomem se encontra acomodado na casa paroquial.

24.

O lobisomem cansado de tanta confusão decide deixar a casa paroquial. Já
está na porta quase saindo quando chegam os policiais. Dão de cara com o
lobisomem. Encaram aquele bicho enorme. Dão ordem de prisão: está
preso. Com esta corda vamos imobilizar suas mãos. O lobisomem reage:
hum... hum... hum... Vão para lá. Para cá. Os policiais caem na calçada. O
lobisomem aproveita e amarra as mãos deles. Depois levantam, escapam,
"cambaleando" vão em direção da delegacia.

25.

Dizem ao Delegado: não conseguimos prender e nem amarrar as mãos do
lobisomem, foi ele que nos amarrou. O Delegado brabo. Como aconteceu
isso? Pois é, aconteceu. O bicho é enorme e forte.

26.

Diante do fato acontecido, o Delegado resolve ir sozinho prender o bicho.

Dirige-se até a casa paroquial. Entra. Não vê ninguém. Vai até os quartos,

também não vê ninguém. Aguarda um pouco. Olha para baixo. Observa um pé

se mexendo debaixo da cama. Lá estão o padre Joaquim e a Dona Maria,

juntinhos, quietinhos.

27.

Pergunta: o que é isso, Padre. Logo o senhor, tão respeitado, fazendo uma

coisa dessa? A Dona Maria sai em defesa do padre. Pois é, senhor delegado.

Escondemos aqui porque apareceu lobisomem - olhe, olhe - e o delegado:

não vi nenhum. E o padre: eu mesmo vi. Era "grandão". Todo preto. E o

delegado: sei não, tem alguma coisa errada por aqui. Pensou: o padre

Joaquim e a Dona Maria debaixo da cama. O que estariam fazendo? Foi

embora com a cabeça fervendo...

28.

Saindo da casa paroquial o delegado pergunta aos transeuntes. Vocês viram

um cara enorme todo preto passando por aqui? Um deles diz: foi em direção

à floresta. O delegado segue em frente.

29.

Ao sair da igreja, o lobisomem indo calmamente encontra uma ponte.

Debaixo, um pequeno rio. Exausto procura um local para descansar. Olha

debaixo. Vê dois pescadores sentados confortavelmente numa grande

pedra. Deduz, tem lugar para mim. Desce. Ao ver aquela figura enorme;

todo preto e peludo, assustam-se, caindo dentro do rio com as varas de

pescar e tudo. Nadam até a outra margem. Com as roupas molhadas e

os bolsos cheios de lambaris dançando lá dentro, não encontram as

ruas onde moram; até que alguém os socorrem.

30.

Daí naquele lugar, sozinho, o lobisomem dorme um bom tempo. Lá pelas

tantas acorda. Ouve vozes chamando-o. Lobisomem onde você está, onde

você está? Era o delegado que tinha chegado. Procura, procura. Depara com

o lobisomem sentado na pedra grande. Desce até lá e diz: você está preso.

Vou amarrar suas mãos com esta corda. O bicho embrabece. Pega o

delegado pelos braços, sobe até o nível da ponte. Amarra as mãos dele.

31.

a) Feito isso avisa. Agora vamos até a delegacia. Chegando lá o lobisomem

coloca o delegado e mais os dois policiais dentro da grade. Não passa a

chave na porta. O lobisomem senta na cadeira do delegado. O telefone toca

várias vezes. Curioso coloca o telefone no ouvido: hum... hum... hum...

Várias pessoas telefonando ao delegado para tomar providências, pois tem

lobisomem na cidade. E o lobisomem: hum... hum... hum...

b) Alguém que estava telefonando percebeu o hum... hum... hum... Esse cara

e mais vários outros foram até a delegacia. A porta estava aberta. Viram o

delegado e os policiais atrás das grades. Viram também o lobisomem com

o telefone no ouvido grunhindo: hum... hum... hum...

c) Mas num instante, o lobisomem olha para a porta e enxerga um

amontoado de gente... Levanta da cadeira e hum... hum... hum... Foi até a

porta e hum... hum... hum... - Foi um deus nos acuda.

d) Todos procuram se defender ao mesmo tempo... gente caindo um sobre o

outro... soltando gritos... e não saiam do lugar...era muita gente... e o

lobisomem: hum... hum... hum...

e) Depois de muito empurra... empurra... conseguiram... foram até a

praça... onde se encontrava outro punhado de moradores. Bradaram: tem

lobisomem por aí... Todos surpresos e com temor fogem apressados para

suas casas. A cidade ficou vazia.

32.

No dia seguinte todos comentavam: ontem foi um dia e tanto, inesquecível.

33.

Depois de se entreter bastante e ver o povo inquieto sem nenhuma razão,
não fez mal a ninguém, sai da delegacia rumo a floresta. Permanece com a
roupa preta "emprestada" do gatuno. Antes de retornar de fato ao seu
"habitat" liberta-se dela. Senta-se na sombra de uma árvore: hum... hum... hum... Fica imaginando: o ser humano é surpreendente.

O lobisomem brincalhão retornou.

1. Depois de alguns meses na pequena cidade os dias transcorriam tranquilos. Os moradores já haviam esquecido do lobisomem. Não admitiam que pudesse voltar.

2. Todavia, não muito distante, o lobisomem estava "bolando" uma maneira de ir novamente até a cidade. Sentia saudades daquele tempo divertido. Num fim de semana bem cedo vai até lá.

3. Assim que dá os primeiros passos na redondeza: hum... hum... hum... alguém escutou. Encaminha-se até a praça avisar o povo. Daí tudo vira de ponta cabeça, de novo.

Vejam como se comportaram os mesmos personagens da história original.

O gatuno.

O gatuno depois do susto, já com roupas novas, retorna a cidade. Adquiriu outra escada, andava com ela para baixo e para cima à procura de uma casa que estivesse com a

janela semiaberta. Encontrou uma. Encostou a escada. Quando iniciava a subida ouviu: hum... hum... hum. Viu aquela coisa toda preta. Não teve dúvidas: o lobisomem voltara. Com o espanto caiu no chão em cima da escada. E o lobisomem: hum... hum... hum. Como da outra vez, o lobisomem pegou suas roupas, agora precavido, se mandou rápido rumo à sua casa, com a escada debaixo do braço direito, disposto a parar com seus malfeitos.

Os briguentos.
Os briguentos haviam retornado à cidade. Reuniram-se novamente na Praça da pequena cidade. Discutiam. Uns levantando as vozes, outros os braços. O lobisomem chega devagarinho: hum... hum... hum. Ouviram esses rugidos. Um olha para o outro: vamos cair fora. Seguem em direção ao rio. Jogam-se dentro. Ficam lá por várias horas. Ao anoitecer procuram um lugar para dormir. Ao acordarem conversam e fazem as pazes. Depois riram bastante dos conflitos de ideias ocorridas.

Os padres e a dona Maria.
Os padres e a dona Maria conversavam animados na porta da igreja. De repente escutam: hum... hum... hum. A dona Maria com calafrio corre para sua casa. Os padres fecham a porta. Apavorados, entram nos seus respectivos quartos. Rezam.

O dono da casa de n° 96 e a mulher fazem as pazes.
Escutam: zum... zum... zum. Vinham da praça. O povo alvoroçado. Deduzem: o lobisomem retornou... hum... hum... hum. Fecham a porta da casa e entram no quarto. A mulher do dono da casa dá uma olhada atrás da porta. Desta vez não tem mulher escondida. De um pequeno buraco na janela observam o rebuliço sucedendo na redondeza.

A mulher da casa de n° 69.
A mulher da casa n° 69 estava passeando sossegada quando ouve: hum... hum... hum. Atenta diz: não acredito.

Novamente o lobisomem. Não teve dúvidas: voa amedrontada rumo à sua casa, quase entra no nº 96. Seria outro "rolo".

Os pescadores.

Os pescadores, com novas varas de pescar, estão sentados na pedra grande embaixo da ponte pescando e estão sonolentos. De surpresa, vem um cara avisá-los: o lobisomem apareceu há pouco lá praça outra vez. Com o susto e o pavor escorregam e novamente caem dentro do rio. Os bolsos das calças molhados e pesados com tantos peixes lá dentro, estouram os botões e as calças somem na correnteza do rio. O Zé pergunta para o Pedro cadê a minha calça? O Pedro pergunta para o Zé cadê a minha calça? Ao mesmo tempo respondem: sumiram. E agora?

Os policiais e o delegado.

Os policiais e o delegado foram ao centro da cidade atender uma ocorrência. Quando ouvem: hum... hum... hum. Desconcertados e apressados seguem para a delegacia. Trancam a porta. O telefone não cessa de tocar. Não atendem com receio de irem dar de frente com o lobisomem, de novo. Melhor não se arriscar. Pode dar "cana"...

Fim.

Pós-escrito.

Raciocínio filosófico.

O lobisomem decepcionado regressa à enorme mata verde onde é sua morada. Cuida de seus afazeres diários feliz da vida. Não mais pretende ir à cidade onde os moradores são respeitosos mais não o compreende.

Nota:

O texto é pura ficção. É uma pequena comédia. Fruto da imaginação do autor.

LUTAR DE DIA E DE NOITE.

Durante a noite
O quarto é um cômodo para dormir.
Mas muita gente não o consegue.
Ficar rolando de um lado e para o outro.
Como se imitasse um rolimã magnético.

Levanta-se vai até a cozinha.
Come uma bolacha com leite.
Toma um copo de água.
Logo vai em direção à cama.

Fica meditando – pô – estou apreensivo...
Amanhã irá chover o dia todo?
Ou só um frio congelado?
Ou um calor causticante?

Manias não necessárias - não leva a nada.
Sem esperar vem um sono agradável.
Espontaneamente dorme sossegado.
Debaixo de cobertores macios e confortáveis.

Ao amanhecer
Ao acordar abre as janelas da residência.

A luz do sol te dá uma baforada de otimismo.

E diz: vai à luta.

Põe o terno e a gravata.

Mas a gravata zangada pressiona o pescoço.

Como se fosse uma laranja sendo exprimida - tirar o suco nutritivo.

Não teve jeito: ao deixá-la de lado sente-se sereno como a ave livre, solta, sem ninguém a impedir de voar.

Durante o dia
Inicia-se a costumeira rotina.

Grande multidão ruidosa caminha desordenada.

No meio dela te dão um esbarro.

Solta sem querer uma sonora grosseria.

Começa uma grande confusão.

Sem tempo para terminar.

Vem uma chuva molha todo mundo.

As roupas ficam amassadas.

Como se fossem uma batata cozida.

Retorno ao lar o dia já está findo.

As luzes se acendem.

Nova noite se aproxima.

O coração necessita de repouso.

Encarar as vicissitudes da vida.

MINHA FILHA

Minha filha vem me visitar.

Fico ansioso.

"De pouca idade recordo-me divertia-se no parque;

vizinhas se aproximavam;

reunindo-se alegres diziam entre si contos de fadas;

exausta retornava,

ia descansar;

cintilação pelo pequeno leito;

dispunha de vasto período a percorrer anjo a protegia;

depois dormia, dormia e ria".

Passaram-se os dias.

Fazer vir à memória; lembrar-se.

À minha filha, Rosane Cristina.

MISTÉRIO

Começo.
Vários meninos reúnem-se no local denominado "Amigos da Vila
Tambira". Logo saem juntos em direção de uma Aldeia.

Primeiras pistas.
Domiciliado cujo nome é Lucas resolveu examinar o fato incomum.
De atalaia escalou pinheiro alto. Escurece. Estrondo do trovão.
Chuva despencou. Galho partiu-se. Lucas perdeu o equilíbrio
enuncia indecente palavrão. Ademais, certificou-se: quase desvendei
o mistério.

Na aldeia.
Chegam. Aspecto deslumbrante. Pedro sorria. José surpreso ficou
mudo. Paulo coça a cabeça. Indagaram-se: estamos confusos?
Inexistem ônibus, caminhões ou automóveis. Distribuições
ordenadas em círculo construíram-se os lares. Um portão: serve
para entrar e sair. Há até área verde, reservada para lazer.

Mexerico.
Lucas espalhou o ocorrido. A beata Maria inquieta perscruta o
padre. Cochicha nas orelhas dele: os meninos estão se pervertendo?
O sacerdote Carlos zombeteiro reprimido no desejo oculto se aflora

do duro celibatário explica: os garotos pesquisam o trajeto a rastrear. Sem dúvidas eles estão crescendo. Preocupada, a beata Maria

se despede.

Ponto de encontro.
Naquela hora o bar achava-se apinhado de conversadores. Assunto

só aquele o lugar oculto onde se encaminham os adolescentes. A

singularidade causou temor. Depois de variados palpites o local se

esvaziara.

Descanso.
Tediosos os meninos volvem às suas moradas.

Escapada.
Ao acordarem os endiabrados aproveitam o descuido dos espias e

somem. Apregoado a novidade todos surpresos correm no encalço

deles acompanhados do Padre Carlos desfaz-se do susto com a

batina erguida tendo o vento a favor sem querer deixa visíveis os

encantos escondidos parecem ter nada por baixo matou a curiosidade da beata e dos devotos; reza padre-nosso e ave-maria

no meio da poeira, do barulho e do tumulto.

Muitas horas depois a decepção.
O padre, a beata e o povo apreensivos analisam: não há vestígios.

No esconderijo.
Chefe do local. Chamem-me de senhor Ouram. Cordial. Trocam
experiências num clima amistoso. Tecido da cor de prata reveste a
sala. Instrumentos apontam o alto. Nota-se vista impressionante do
céu. Necessidades básicas são produzidas por processos artesanais,
em consequência, há harmonia no desenvolvimento das atividades.

Pausa.
Os meninos reaparecem.

Sem solução.
Imponderável continua. Aguarda-se o desfecho.

No ponto de encontro surpresa.
Lucas apareceu pávido: escapuliram-se. Já devem estar por lá.
O padre Carlos, confuso igual cristão em confessionário, disse: vamos
aguerridos ou nunca descobriremos qual é o segredo.

Enquanto isso.
Senhor Ouram! Observe. Os membros do povoado acercam-nos.
Acalmem-se. Foram tomadas as providências necessárias. A aldeia
foi coberta.

Logo em seguida.
Distanciem-se. Dentro de instantes partiremos. Confiamos em vocês
disseminarão o tirocínio alcançado.

Igreja. Porta escancarada.
Mãos vazias o povo, a beata e o padre chegam. Na igreja entoam
preces: **orem por nós, orem por eles.**

No entorno.
Saindo da aldeia os aventureiros quando se abeiram ao vilarejo,
ouvem aquela cantoria.

Assombração!
Aterrorizados desembestam-se a mais de cem por hora rumo à casa
de cada um, pulam as janelas escondem-se debaixo dos cobertores.

Adormecem.

Desfecho.
No dia seguinte a Vila restitui-se a normalidade.

Não se ouviu comentários sobre o hiato da véspera transposto.

Do pátio da escola os meninos esquadrinham os recantos do céu.

Brilho intenso de tom azul e vermelho piscava para eles.

Nunca antes haviam visto espetáculo tão fascinante.

Final feliz das peripécias últimas vividas.

MULHER ANDANTE

Percorro sozinho o bairro, busco companhia.

Na escuridão há uma boate luciluzindo.

Devagar, consegui pular de fora para dentro.

Aquietei-me: observo o ambiente.

Um sofá, lá tem mulher sentada, traço distintivo indica
é andante.

Solicita bebida alcoólica, esconde a sede.

Madrugada, olhos embaciados, perde o controle.

Na escada, desliza-se: cai sobre o asfalto.

Desconcertada perde a consciência.

A multidão observa e alguém chama uma ambulância.

Mais uma vida humana anônima se perde na cidade
grande.

MULTIPLICIDADE

No interior de um parque, o sentimento de felicidade e de contentamento observa-se nos
visitantes ao deparar com:

O rio por lá movimentando-se suavemente.
Os bichos vistosos vivendo sossegados em seu habitat.
Os pássaros voando lá em cima em torno do lago.
Os arbustos portentosos lá existentes.

Todos produzidos pela natureza sem a intervenção do homem.

Eles, os pássaros ao pôr do sol, afastam-se indo embora no incomensurável espaço.

Contentes, alegres e livres de quaisquer amarras.

Então a liberdade é total.

Uma vontade danada tomou conta de mim.

Pensamentos auspiciosos nasceram do fundo de meu ser.

Acompanhando-os - se fosse racional - voando ao lado deles cada vez mais alto.

Aí sim, distanciando-me definitivamente das doenças, das maldades e das perversidades - pelas
quais sofrem os habitantes terrestres.

Refletir.

Jamais retornaria.

Todavia, dar existência a um impulso para encontrar uma solução para um fato excepcional.

Como se fosse um raio caindo para dentro de minha mente.

O improvável não se aceita.

Basta um olhar à frente - o cérebro humano é admirável - repentino brotam revelações inimagináveis.

Não é proibido ansiar.

Ter opulências fantasias.

Perseverar, persistir o tempo todo.

MÚSICA

Música é sedativo, faz olvidar tribulação.

Eterna, indiscutível.

Praça, coreto.

Toca valsa, toca samba, o suor molha os músicos.

Deleite os ouvintes dormem.

Multiplicam-se os sons.

As imagens brilham sem cessar.

O ATOR E O ESPECTADOR

Desenrolava-se o espetáculo...

O ator atenta o espectador. Assevera: você é o culpado pelo infortúnio que assola a atmosfera.

O espectador: eu!

O ator: você sim!

Fluido criminoso procede de sua indústria ilícita. Manifestação de sublevação espera-se. Inocente o projeto anotava equilíbrio e harmonia.

Perplexo, o cara levanta. Eu plácido assistir ao espetáculo e incrimina-me. Presta atenção: também é defectível.

Sou dedicado ator. Observo os sucessos de trabalhar neste palco a ambição é imitá-los. Mudar-me de cenário a cortesia impera.

Normal. Agora quando se comove o inconsciente a responsabilidade aumenta. Veja: ouvintes aplaudem e choram.

Para mim, neste espetáculo, encarnar os personagens em derradeira cena, traduz-se em divertimento. Ao contrário, saindo daqui você inferniza o semelhante.

Chega: devanear acabou-se o papo está encerrado e o foco luminoso apaga-se.

Fecham-se as cortinas, os contendores silenciam.

Pobre gênero humano, perdido, sem eira e nem beira neste vasto mundo.

O PIOR DE TUDO...

O pior de tudo não é a maledicência das beatas da praça falando mal da
vizinhança e de todo mundo.

O pior de tudo não é quando você tropeça na calçada esburacada e leva um
tombo inesperado caindo no chão. Os passantes ficam rindo debochando de
você.

O pior de tudo não é a dorzinha diária que vem do fundo da alma que te
atormenta dia e noite.

O pior de tudo não é quando você se sente sozinho(a) vindo à solidão.

O pior de tudo não é quando alguém te chama com voz baixinha; você surdo
como uma porta não escuta nada.

O pior de tudo, após um dia exaustivo de trabalho, você descansa em seu sofá
predileto. Já sonolento não esperava. Toca o telefone insistentemente.
Preocupado você vai atender - alô, alô, alô - e nada. Fulo da vida não
percebe uma cadeira no corredor. Colide o dedão do pé da perna direita
machucando-o. Que dor! Zonzo, dando passos com uma perna só, move-se

como se fosse um Saci-Pererê se divertindo na escuridão
da meia noite.

O pior de tudo não é o feijão aguado cozido por tua con-
sorte - você reclama,
ela diz: vai lá fora espiar o trem apitar e aproveita: come
comida azeda no
restaurante do japonês.

O pior de tudo não é quando te expulsa da cama - acaba
dormindo no sofá
frio como freezer de geladeira.

O pior de tudo é que você não pode chupar cana asso-
viando ao mesmo
tempo.

O pior de tudo é quando, você atrasado para atender um
compromisso,
encontra pela frente um engarrafamento terrível. De
repente a barriga
começa a querer trabalhar. Você aflito desliga o carro,
deixa-o no meio da
rua, célere vai à busca de um banheiro. Ah!... Que alívio.

O pior de tudo não é quando você compra um sapato novo,
leva-o para casa,
calça-o. Vai dar uma volta na quadra. Os dedos ficam recla-
mando. Você,
debaixo de um sol de rachar anda devagarinho, devagarinho, segue em
direção à loja. Reconhece o vendedor: joga-os na cabeça dele.
Desconcertado, escapa veloz com as calças nas mãos, o
cinto arrebentou,
esbaforido escorrega num lamaçal, fica de cabeça para
baixo como se fosse

uma tartaruga marinha. Você irritado, não tendo mais os sapatos, nem
recuperou o dinheiro gasto com a compra, retorna para casa com os pés em
brasa soltando fumaça pelas orelhas.

Então não resta mais nada.

Registre-se o fim da história.

Passado algum tempo no decorrer dos meses você vem matutando - hoje
vou à desforra, a revanche, contra todos os malfeitos.

Caminha sem rumo pelas ruas protestando: vaga-bundo, corrupto,
salafrário, patife

Alguém lá na frente te denuncia.

Pega ele...
Pega ele...
Pega ele...

Aí o pior de tudo acontece.

Realidade ou sonho.

Acorda.

Espanta-se.

Está atrás das grades numa delegacia, sem roupas e sem documentos.

OS ENCANTOS NATURAIS

Ver o sol imponente brilhar derramar indulgência sobre a humanidade.

Ver o céu límpido renovar vitalidade conquanto ação nociva ocorrida ontem.

Ver a madrugada achegar-se ostentar boa fortuna virtuosa.

Ver o bebê rir e brincar em aconchegante banheira agradável divina.

Ver o viçoso regato perene quite de poluição a deslo-car-se pelo
rastro puro.

Ver a montanha compacta nevar desoprimir-se no despenhadeiro.

Ver a chuva cair deleitável sobre o jardim adequada a desabrochar
os botões fazendo-o colorido.

Ver o dia afastar-se sereno conceder mérito a senti-mento nobre;
a vivência valoriza-se quando acompanha ternura e paixão.

Ver o mar grandioso com suas ondas aproximar-se ornamentar as
pedras atrair consigo algas belas limpar os pulmões da terra.

OS VELHINHOS QUERIDOS

PRIMEIRA PARTE

1.
A velhinha se levanta todos os dias às 07h00.
Às 07h30 chama o velhinho.
Meu velho, acorda.
Vai ver televisão enquanto preparo o café.

2.
Logo em seguida:
Meu velho vem para a cozinha.
O café da manhã já está na mesa.
Após alguns minutos:
Já terminou?
Volte a ver televisão enquanto lavo as louças.

3.
Depois:
A velhinha chama o velhinho.
Desliga a televisão.
Vamos dar um passeio na praça.
O velhinho "resmunga", "resmunga"...
Já vou, minha querida.

4.
Os dois fecham a casa.
Um segura o outro.
Lá vão devagarinho.

5.
Cansados retornam.
   A velhinha de novo diz ao velhinho.
Vai para a sala enquanto preparo o almoço.
   O velhinho liga a televisão.
Com o ruído do som dorme.

6.
Logo em seguida a velhinha:
   Meu velho, desliga a televisão.
Assustado ele acorda.
   Vem almoçar.
Já vou, minha querida.
   Estou "apagando" a televisão.

7.
Já almoçou, então retorna à sala.
   Vou cuidar da cozinha.
Findo o serviço chama o velhinho.
   Vamos dormir um pouco.

8.
Ao acordar velhinha dirige-se à cozinha.
   Preparar a comida.
Meu velho, acorda.
   Vem jantar.
Lá vai o velhinho "resmungando".
   Pronto, me espere lá na sala.
Vou dar um jeito na cozinha.

9.
Logo o velhinho chama a velhinha.
   Vem minha querida ver televisão comigo.

Assim os dois ficam juntos.
Por um bom tempo.

10.
Desse modo, os anos foram passando... passando... passando...
Até num dia...

SEGUNDA PARTE

11.
Como sempre a velhinha acorda às 07h00.
Prepara o café.

12.
Como de costume, às 07h30 vai acordar o velhinho.
Já com o café na mesa.
Vem, meu querido, para a cozinha.
Chama o velhinho várias vezes.
Ele não responde.
Chamou outras vezes.
E nada.

13.
Preocupada vai até o quarto.
O velhinho ainda estava "dormindo".
Meu querido, acorda, já é tarde.
Acorda, meu velho...
Acorda, meu velho...
Chegou bem perto.
Olhou... olhou... olhou...
Percebeu que o velhinho estava dormindo para sempre.

14.
Desesperada, chorando, corre chamar o filho.
  Mora numa casa ao lado.

15.
Passaram-se alguns dias.
  Às 07h30 como era de costume.
Velhinha continuava a chamar o velhinho.
  - Foi até o quarto.
- Acorda, meu velho.
  Vai ver televisão.
- Enquanto preparo o café.
  Meu velho, desliga a televisão
Vem tomar café.

16.
Cada dia ficava mais triste.
  Aborrecida.
Chorava de saudades do velhinho querido.
  Como chorava... chorava... chorava...
As lágrimas corriam pelo seu rosto.

17.
Procurava pela casa,
  Onde você se encontra, meu velho...
Onde você está, meu velho...
  Onde você está, meu velho...
Onde você está, meu velho...

18.
Determinado dia seu coração não aguentou mais de tantas
saudades de seu
  querido velhinho.

19.
Foi encontrá-lo no céu.

De mãos dadas foram passear no parque alegres e felizes para
sempre.

PANORAMA

Compartilhar emoções eu desconheço quem possa escorar-me neste intuito.

Avenida movimenta-se ponta a ponta.

Interior das lojas transeuntes.

Suspeitam deles.

Perdeu-se o tino.

Autêntico estacionou-se.

Carência de afago leva à contemplação.

Observar-se: panorama vai além lá ao longe.

PASSAGEM

Tempo, onde você está?

Procrastine a premência.

Responda-me:
- É fiel amigo ou é meu inimigo?
- Pode prestar-me ajuda?

Então doravante esqueça-me, por favor.

Conheço meu destino.

É a minha diminuta chácara ali perto.

Propala afabilidade plena de rosas brancas e
vermelhas.

PENSAR E REPENSAR

Pensar.
Obter solução à moléstia incrustada, estudar o alfarrábio sábio secular. Orientação nenhuma deixada em escrito ou reescrito pela mão do gênio benfazejo.

Repensar.
A cura acolhida mitigaria o incômodo, purificar a índole, contudo, transmudaria inválida defronte à maldade acumulada.

Pensar.
Insistir firmar-se o amargor dói e retarda enigmático, alcançar o lucro desejado.

Repensar.
Perspectiva de progredir, atraso ficou imperceptível.

Repensar, pensar.
Tatear, aprender, sonhar, imaginar, almejar, pureza aprimorar.

PERCURSO

Recentes paisagens descortinam-se.

Vejo as novas cores das plantas ornamentais.

Vejo as novas cores das edificações.

Surpreso, dá-me arrepio.

Eu manterei a presente euforia alvissareira ou é
momentâneo lampejo de enlevo?

Dificuldade no percurso arredara-me a
condição para desenvolver o racional.

Perturbou-me de tal modo, afigura-se tudo tivesse acabado.

Restauraram-se as fontes de energia.

Agora escuto os cantos encantados dos pássaros a provir
percepção de bem-bom.

Creio é louvável ter nobreza junto à turma sempre comigo.

Homenagem à doutora Gilbetse

PRATO VOADOR
(Não confundir com pato voador)

1.
O velhinho já "idoso" morava sozinho.
Tinha quatro pratos (não confundir com patos).
Com sonolência, não viu a quina da pia.

Bateu um, quebrando-o.
Repetindo tinha quatro pratos (não confundir prato com pato).
Então quatro menos um restam três.
A conta está correta?

2.
Certo dia necessitou dos três pratos (cuidado não confundir com três
patos).
Ao abrir a porta do armário notou só dois.

3.
Daí procura para lá.
Procura para cá.
Ausência do terceiro pato - ou melhor, do terceiro prato.
Sumiu um.

4.
Ficou cabreiro da vida.
Procurou o pato, melhor dizendo, o prato, por toda a cozinha.
Dentro do outro armário, dentro do fogão, embaixo da mesa,
atrás da geladeira.
Esforços em vão.

5.

Nos dias seguintes.

Também nas noites seguintes.

A mesmíssima situação.

Nada da cara do prato (não confundir prato com pato).

6.

Daí decidiu.

Irei atrás desse pato, ou melhor dizendo, desse prato, a todo o momento e a
toda hora.

Uma voz dizia em seu ouvido.

Será que ele não voou e entrou dentro do sofá da sala?

Já raivoso pegou a tesoura cortou-o, mas o pato lá não se encontrava... opa... opa... o prato lá não se encontrava.

7.

Exausto, resolveu tirar uma soneca.

Sonhando - dizia a ele mesmo.

Como sou um velhinho (idoso) pode ser que eu me tenha adoidado.

Resolveu não mais procurar o pato, o que é isso: o prato.

Refez de novo os cálculos... possuía quatro pratos... quebrou um sobraram
três.

Mas lá no armário só tem dois.

O terceiro caiu e se quebrou, pode ser.

Então restariam somente dois patos, ou melhor, dois pratos...

Aborrecido, esqueceu-se de tudo.

8.
- Nesse (entremeio) decorreram mais de vinte dias - e nada do pato –
opa... opa... do prato.

Questionava-se: o prato teria criado asas e dirigia-se lá para a casa da
vizinha?
Por incrível: era essa a mais plausível hipótese...

9.
Numa determinada tarde sem nenhuma pretensão, mais uma vez o
velhinho vai em busca do prato (não confundir pato com prato).

Foi novamente o velhinho em busca do pato, ou melhor, do prato...

Para surpresa - ao abrir o armário lá estava o terceiro.

Preocupado fez uma vistoria nas portas, nas janelas.

Não notou nada diferente.

Nem buraco... por onde pato, ou melhor, o prato teria passado...

10.
Agora o velhinho (idoso), preocupado, dorme pouco.

Tá de plantão na cozinha - qualquer barulhinho fica de olhos arregalados,
bem abertos...

Sem perceber, adormece.

Pesadelos afloram deduzindo: o pato, ou melhor dizendo, o prato deve estar
fugindo de madrugada.

Não estará de namoro com o da vizinha?

Meu todo poderoso, se sim: vai ser o maior fuzuê.

Já imaginou se a vizinha pega os dois abraçados atrás da geladeira...

11.
Aí está o segredo: muitas vezes o velhinho (já idoso, cansado e com os olhos não muito bons) só vê dois ou ao invés de três patos ou melhor, três pratos no armário.

12.
Conclusão:

Prato voador.

Acredita-se?

Neste mundo tem muita coisa ainda desconhecida...

Por exemplo: olhe para o dedão de seu pé esquerdo - com atenção observe
bem: está rindo sarcasticamente de você...

kkkkkkkkkkk

PROPÓSITO

Homens e mulheres buscam quefazeres.

Escola criançada faz algazarra.

Trilho traçado através de poder sobrenatural acredita-se particular cada individualidade.

Lâmpadas são acesas: espelham a realidade?

Questionam-se.

Bela iluminação incute fingido júbilo.

Colchão marcado pelo uso assíduo físico desgastado prostra-se.

Anelo repassa pelo negrume do espírito auxilia avivar recordação.

PROTETOR

Romeiros, muitos romeiros de várias regiões do país, todos os anos no início do mês de agosto viajam de automóveis, de camionetes e de ônibus até a cidade de Siqueira Campos (PR),
com o propósito de cumprir promessas e participar das festas em homenagem, afirmam, ao protetor da comunidade: Bom Jesus da Cana Verde.

Aportam-se.

Os festejos são de arromba.

Escarcéus em demasia habitantes assustam-se.

Domicílio familiar recebe reforço uns deles dos estranhos possam invadi-la.

Confraternizam-se.

Comemoração continua.

Dos mercadores ambulantes acomodados em suas barracas em derredor da praça com muitas bugigangas reluzentes ao sol; os adultos e os guris miram, miram com entusiasmos àquelas mercadorias, mas aliados a prudente desconfiança nada compram.

Até circo compareceu às festanças com aparentes lonas ensebadas acompanhados de vários macacos, palhaços e fantoches.

De repente os sinos repicam fiéis entendem hora de rezar.

Compenetrados, desviam-se das ocupações.

Deixando o templo em seguida, os peregrinos desamarram as frágeis barracas.

Regressam.

Efetivaram-se as oblatas prometidas.

Com o intento de retornarem no próximo ano, dedicam-se aos afazeres em suas cidades de origem.

Respeitosos recordam os entretenimentos dedicados àquele Santo padroeiro lá distante ficou.

Nota:
Na primeira semana de agosto de cada ano, é realizada na cidade de Siqueira Campos (PR) grande festa. Os católicos daquela cidade, dizem, dedicada ao protetor de nome Bom Jesus da Cana Verde.

QUIPROQUÓ

1.
Amanhecer.
Meio dia.
Entardecer.
Anoitecer.

Anoitecer.
Entardecer.
Meio dia.
Amanhecer.

Seis horas.
Doze horas.
Dezoito horas.
Vinte e quatro horas.

Vinte e quatro horas.
Dezoito horas.
Doze horas.
Seis horas.

O que acontece às seis horas.
Pode repetir às vinte e quatro horas.

O que acontece às dozes horas.
Pode reiterar ao entardecer.

O que acontece às dezoito horas.
Pode reafirmar à meia noite.

O acontece ao amanhecer.
Pode confirmar ao meio dia.

Depreendeu:
Homonímia de palavras.
Ao redor do mesmo contexto.

2.
Dormir.
Acordar.

Acordar.
Dormir.

Com alegrias.
Com tristezas.

Com dores.
Sem dores.

Com sol.
Com chuva.

Ao trabalho.
Ao lazer.

Com dinheiro.
Sem dinheiro.

Felizes.
Ou infelizes.

Iguais.
Na rota da circunstância.

Moram numa casa boa.
Ou moram numa casa simples.

Inerente ao ciclo da vida.
Cada qual a seu modo de viver.

Essencial é a honestidade.
Indica a felicidade.

3.
O prazer.
O desprazer.

Desperta em qualquer ser.
Humano ou animal.

O caminho.
O descaminho.

Irrompe a qualquer momento.
Sendo boa ou má formação.

O planeta terra gira...gira...gira...roda...roda...roda...
Com direção no horizonte.

4.
Guerreamos.
Matamos.

Sem piedade.
Sem arrependimentos.

Mundo cruel a irracionalidade prevalece.
Sem escapatória no espaço do tempo.

Regressando a era do gelo.
Onde não há perspectiva de coisa nenhuma.

Sequente muitas etapas depois possibilidade de o recomeço.
Novas criaturas estranhas renascerão da imensidão do espaço.

Verdadeiro este devanear de imagem vinda da mente?
Ou esta narrativa é fruto da cabeça de um doido.

REMINISCÊNCIA

A minha mente martela já há algum tempo, para eu narrar o seguinte:

O silêncio da madrugada faz-nos retornar a infância, agora tão distante.

Tudo era tão simples não havia nenhuma preocupação com o amanhã.

O segundo quarto da casa parecia uma creche com irmãs e irmãos dormindo
em cima de colchão de palha.

Travesseiros voavam de um lado para outro a noite inteira com as
travessuras inocentes.

A mãe se desdobrava para fazer a vontade de todos.

Às vezes ela dava uns trocados e aí a turma ia até a quitanda próxima
comprar uns doces gostosos.

As roupas eram de brim e de algodão compradas de mascates.

Eles percorriam de porta em porta às casas; cansado carregando nas costas
as mercadorias pesadas.

Os vestidos, as calças e as camisas rasgadas nas brinca-
deiras de ruas e nas
areias dos rios, a mãe consertavam a noite, também repu-
nha os botões
perdidos.

Rádio, televisão, computador, celular e outras parafernálias
iguais aos
existentes hoje ainda não existiam.

As horas andavam devagar, quase parando.

O pai ia trabalhar cedo na fábrica de tijolos.

A mãe cuidava da casa, preparava o almoço e o jantar
juntando o arroz e o
feijão aqui e acolá, no fogão a lenha.

Lavava as roupas no rio e as secava ao sol quando apare-
cia; penduradas em
arames farpados no quintal da casa.

O ferro de passar alimentava-se por pedaços pequenos
de madeira
transformados em brasa em um latão velho bonito, cheio
de fumaça.

Na boca da noite o pai exausto retornava do trabalho e
mãe já cansada das
lidas do dia, iam jantar junto com os filhos.

Em seguida, conversavam e rezavam antes de irem
para a cama.

Outra manhã se aproximava.

Os dias e as noites sucediam-se.

As meninas e os meninos foram crescendo sem muita intercorrência mais
grave, apesar das dificuldades encontradas pela frente.

Estudaram em escola pública.

Já adultos alguns deixaram cidade foram para outros cantos a procura de
trabalho.

Outros ficaram por lá mesmo.

Hoje todos em outro momento, nunca se esqueceram da dedicação, do
carinho e dos esforços de seus amados pais.

Certamente estão lá em cima ao lado de Deus.

Amém.

RUMO INCERTO

Dúvidas perseguem a humanidade há séculos.

Ignoramos qual indicação apropriada a conquistar.

Perdem-se pelos atalhos escuros inúteis.

Contornar é tarefa pesada.

Interesses dissimulados chocam-se.

A honra respeitada e venerada hoje é de irrisório valor.

Querer existir notável ato de coragem.

Ir ali vem hesitação: retornamos vivos ou trazem-nos mortos.

"Vigiam-nos;

pode durar muito;

gastam horas em planos maldosos;

desvelos inimagináveis".

Somos bombardeados diariamente com notícias propagadas,
desmedidas, inspiram-se desconfiança.

Conflitos habituais e fatos nocivos mesmo assim perdura
o imo harmonioso.

SEM RESPOSTA

Vazio domina a sala abarrotada de livros esquecidos.

Faz-se esforço redobrado inútil entender.

Frustrado e desiludido sem resposta benéfica.

Corpo fraco perece em virtude de arranjo incomum.

Indaga-se e recorrente caso ressuscita e se expõe.

Rumor ouve-se espreitar o circunstante cismado cheio de crueldade.

SINA

O problema não é de quem vai;
- através de um sono profundo noturno.

O problema é de quem fica;
-brigando pela fortuna de dois tostões inúteis.

Triste.

SOLIDÃO

Solidão acompanha-me: princípio incógnito.

Decorrer da semana fervorosa ansiedade.

Ou noutra se emerge implacável.

Salutar ou se é molesto intricado avaliar.

Perder a intrepidez é temerário.

Instinto aponta haverá mudança.

Compreender: resultados auspiciosos denotam-se.

Aragem radiante já estimula o alento.

Indivisível e imensurável a solidão resolveu deixar-me?

Acredito.

Por esse motivo tenho vontade, muita vontade bater palmas.

Enfim a alegria, alegria exuberante.

SOSSEGO

Turistas destemidos brincam na areia do mar.

Possibilidades: as substâncias salgadas os harmonizem boas condições físicas.

Extensão mágica, genuíno é difícil.

Adulto rememora a infância: construir castelos análogos a piratas, reis e rainhas.

Entardecer hora de retirar-se, terminaram-se as férias.

Outra vez é a ocasião inescapável retornar de onde viera à rotina.

SUBLIME

Criado por ser divino, dizem os observadores dos preceitos religiosos - o universo é aquilo incompreensível.

"Entremeio:
- muda-se o primitivo.

- emanar-se de laboratório é simples artificialidade embuste contra o ingênito.

- compor prognóstico aceitável: globo superfície sólida padecer de trepidação causar temor e sofrimento à população".

Fato curioso seria esculpir inteligível a sua origem; talvez resulte de provável produto de entidade perfeita e infinita?

Pode ser.

TERMO

Os homens são os mesmos desde os tempos pré-histéricos.

Matam-se uns aos outros.

Nem os progressos humanos propiciam-lhes tréguas.

Num definido átimo não mais haverá o calor do sol.

Os oceanos gelam-se.

Grandes tempestades.

Com medo os maus e os bons abraçam-se.

Postura extemporânea.

Não há mais vida.

UM SEGUNDO

Como tudo passa, passa rápido, rapidamente:
  - como se a vida fosse apenas de um segundo;
  - emaranhada nos caminhos tortos deste mundo.

Que bom que fosse assim, apenas um segundo:
  - não haveria doenças, tristezas, sofrimentos, insônias;
  - fatos corriqueiros que estragam o futuro incerto da vida.

Apenas um segundo, só isso e mais nada e já é muito.

Se já passou, pergunto?
  - por que você está lendo isto?

Não se pode bisbilhotar uma coisa que não mais existe;
  - e se existiu foi apenas um segundo.

Só...

UTOPIA

Ano novo.
Existe?

Ano velho.
Existiu?

Palpáveis são os registros históricos.

Prosseguem inalterados na similitude a multidão, o
arvoredo e a
ostentação.

Os filhos ignoram a corrida dos pais recorrerem às bebi-
das intento
sufocar suas mágoas conjecturar é solução às desilusões.

- Nascer.
à luz ininterrupto.

Permanente:

- Morrer.
comum.

Epílogo.

Há necessidade de haver equilíbrio entre os grupos de seres
existentes; quiçá elementar pretensão felicidade total é utopia.

VIVENCIAR

1.
O que é vivenciar?

Almoçar, jantar, dormir.

De novo.
Dormir, almoçar, jantar.

Cantar, dançar, chorar.

Viajar, encantar ver o mar e o luar.

Observar as estrelas.

Sentir à noite indo e vindo infinitamente.

Como se a terra fosse um mar de esperança para os inocentes habitantes.

2.
Nada disso.

Ficar em casa, acompanhar os dias passarem sem compromissos com o presente.

Neste mundo sem medida, sem harmonia, desavença, perdido, desencontros sem fim.

Indo embora sem ninguém tomar conhecimento.

3.
Ou seria isto.

Belas nuvens caindo em forma de chuva, em cima das
árvores, com comportamentos
suaves, folhas bonitas, balançando com a bonança
dos ventos.

Na ausência: elas se acalmam espontaneamente, mos-
trando sua bondade, sem
mágoas e vinganças.

4.
Ou ainda.

Uma mãe vai outra vem, povoando o mundo de seres humanos bons, às vezes uns
poucos nem tanto.

A cor da pele pouco importa.

Preta, branca, amarela, todas são iguais.

5.
Ou ainda seria isto.

Estudar, trabalhar, pesquisar.

Terra, mar, oceanos, sol, lua, planetas decadentes.

Doenças, remédios.

Dores, tristezas e sofrimentos.

O corpo humano é um cadáver ambulante

6.
Ou isto.

Dinheiro, fortuna.

Pobreza: sem pão, sem arroz, sem feijão, sem casa para amar e dormir.

É bom não esquecer.

Os órgãos são os mesmos para todos.

Cabeça, coração, estômago, fígado, rins, bexigas, intestinos.

Pernas, braços, mãos, dedos, pés.

Quem comanda tudo é a mente.

Que pode ser doentia ou sã.

Não há escolha.

Nasce com você.

7.
Mais isto.

Casas, edifícios.

Camas, cobertores, cadeiras, travesseiros, televisores, rádio, telefones, celulares,
computadores, automóveis, ônibus, trens, caminhões.

Médicos, advogado, engenheiros, economista, enfermeiros.

Livros, relógios, sofás, mesas, escrivaninhas, tapetes, chapéus, sapatos, tênis, calças,
meias, chinelos, saias, vestidos, camisas.

Palácios, igrejas, clínicas, hospitais, oficinas, bancos, comércios, indústrias.

Enfim tudo não passa de mera transição pela natureza humana.

O planeta terra apresenta-se com comportamento anormal.

Padece de problemas orgânicos destemperados.

Imperioso navegar por outro curso, recompondo-se materialmente.

À espreita, há um buraco logo ali na frente faminto - se bobear - o engole para
sempre.